촌부의 춤사위

김지숙 시집

시음사
시사랑음악사랑

우수리

김지숙

한글은 몰라도
군더더기 하나 없는
계산법은 일품이다.

오늘날
초능력 같은 계산법에는
이해타산이 안 맞는
많은 적자의
분노가 성을 쌓았을 것이다.

한쪽 눈으로
물건을 팔고
한쪽 눈으로
거스름돈을 치루며
단독 드리블을 하는 노파

시인의 말

　남들은 힘들고 고달픈 촌부 생활을 어떻게 하느냐고 질문을 수없이 합니다. 물론 쉬운 일은 절대 아니지만 그 속에서 귀한 보석 같은 시제들이 톡톡 튀어나오는, 내 어머니 품속같이 편안한 곳이라고 말할 수 있습니다.

　늦깎이에 시집을 낸 이유는 요즘같이 시집이 넘쳐나는 홍수 시대에 좀 더 다듬고 신중하게 준비된 상태에서 독자들에게 다가가고 싶은 신념에 등단한지 10년이 지난 지금에야 용기를 내봅니다.

　감사합니다.

시인 김지숙

언어와 화법을 이용해 詩를 짓는 시인

시인이 시를 짓게 되면 그 작품을 읽어주는 독자가 생기기 마련이다. 독자는 그 속에서 상황을 유추하고 공감을 하거나 또는 그렇지 못하고 상대적 추론을 해볼 수도 있는 것이 詩일 것이다. 나 아닌 다른 사람의 심리적 상태를 엿보고 그 속에서 대리 만족을 하는 것이 독자가 가진 특권이다.

김지숙 시인에게는 전형적이라기보다는 토속적이라는 단어가 맞을 것 같다. 여성스러운 외모에서 구수하게 흘러나오는 경상도의 입담에서 느껴지는 이미지 때문일까 하는 생각도 해봤지만, 그것뿐만 아니라 시인의 작품에서 풍겨지는 연상(聯想)도 한몫할 것이다. 십 년을 넘게 작품 활동을 하면서 늘 변함없이 자신의 색채를 잃지 않고 독보적인 언어와 화법을 이용해 詩를 짓기 때문일 것이다.

제호에서 느껴지듯 김지숙 시인의 작품은 문화적 가치와 예술성을 함께 접했다. 촌부의 춤사위, 멋도 없고 투박할 것만 같은 촌부의 이야기는 자연스럽고 어딘가 모르게 익숙하면서 친근하다. 아마도 독자들은 누구나 공감할 수 있는 그런 詩作을 원할 것이다. 글을 쓰는 사람으로서 참 부러운 환경에서 詩와 함께 사는 촌부 김지숙 시인은 자연과 늘 함께 하면서 세상의 이야기들과 주변의 사물에 혼을 불어 넣어 시로 승화 시키는 재주가 있다. 그냥 지나칠 수 있는 사소한 것들도 작품으로 탄생시키는데 기교가 없이 어수룩한 그 모습이 제호 그대로 촌부의 춤사위를 닮았다. 더 많은 독자들이 좋은 작품을 읽을 수 있는 기회가 이번 시집 촌부의 춤사위를 통해 마련된 것을 기뻐하는 마음으로 이 책을 추천한다.

사단법인 창작문학예술인협의회 이사장 김락호

목차_1

목차_2

목차_3

목차_4

목차_5

촌부의 춤사위

QR 코드

제목 : 우수리
시낭송 : 이은숙
스마트폰으로 QR 코드를 스캔하면
시낭송을 감상할 수 있습니다.

제목 : 힘겨루기
시낭송 : 최명자
스마트폰으로 QR 코드를 스캔하면
시낭송을 감상할 수 있습니다.

분꽃

가장 화려하게 지는
석양을 바라보며 피는 너
한낮에는 이지러진 꽃망울이지만
석양이 붉은 배경을 깔아주면
가두고 있던 울분들을
가슴으로 모조리 토해낸다.
흙의 표면을 뚫고
붉은 나신의 너를
눈가림하고 바라본다.

세월

가면 속에 숨겨져 있는
세월들이 날개를 달며
나에게 물음표로 다가온다.
때묻지 않은 순백의 하늘은
희석이 되어
추임새로 남아
초월한 삶 속에 묻혀 있다.

이젠
생의 절반은
그대의 굳은살을 닮아 가는
억새풀 같은
질문과 답변으로
대화의 조각들이 남아 있다.

봄비 속에 하얀 눈

뜰의 새싹들에게
이슬 멍울을 머금게 해주는
봄비는 달콤한 향기이지만
어디에도 앉지를 못하는
하얀 눈은 방랑자이네

봄비는 옛 임들을 만나
도란도란 정겨움을 나누지만
하얀 눈은 임 떠난 흔적만 안은 채
바람에 이리저리 부딪기네

무엇이 이토록
여운이 남아서인지
봄의 문턱에서
갈피를 잊은 채
기억의 문고리만 잡고 있네

석양

하루의 찌꺼기들을
가슴의 둔덕에서
납덩이처럼 가라앉는
불멸의 시간입니다.
태양을 삼켜버린 네 앞에
어설픈 내 사랑을
고백을 풀어 놓는다.
가끔은 이렇게
내 사랑을 말할 수 있는
네가 있어 나는 행운이다.

춤사위 1

현란한 몸짓에
엇박자 스탭에
흐르는 음악을 부수며
내 몸은 광대가 된다

하늘에 안부도 물어 보고
발바닥 군살도 보듬어 보며
거침없는 호흡으로
내 몸은 춤꾼이 된다

끼 있는 광대들의 몸부림
자아도취 서걱이며
음악 속에 히로인이 되어
그대를 유혹하고 싶나니…

춤사위 2

빗금무늬 리듬 속으로
내 몸을 던진 채
음악이 지휘 하는 대로
나는 삐에로가 된다

이정표도 없는 춤사위에
내 이름마저도
기억나지 않은 채
리듬에 돛을 달아
파도 곡선을 뛰어 넘는다

이 순간만큼은
내 가슴에 안은 그대도
스프레이 사랑이 되어
내 호흡에 파트너요
내 혼신에 파트너요

넌지시 잡은 손
곡예사의 첫사랑처럼
전율에 끼를 뒤집어쓴 채
스탭이 가는 대로
대기중인 내 사랑

장독대의 그리움

회색 블록 마당
향냄새의 장독대가
희뿌연 가루 꽃을 띄우며
살찐 하늘에
입가심 향들을 풀어 헤치고 있다.

가장 오래된 장독대에는 보고픔으로
가장 큰 장독대에는 슬픔으로
새로 입주한 장독대에는 사랑으로
가득 채워 두렵니다.

잘 익은 낟알이
황금색으로 까슬까슬하게 누울 때면
해초의 놀이터 잡비처럼
눈부신 산호초가 되어 있겠지

나를 위로하리라 1

문득
거울 앞에서 놀란 나
먼지만큼 작은 내 모습
낯선 사람이었다

여고 빛 해맑은 표정은
모래성으로 부서지며
버석거리는 마른 풀만
나를 안는다

투명한 동공속에
느낌표 하나 꺼내며
거부도 미워할 수도 없는
나를 위로하리라

나를 위로하리라 2

어느덧
불혹의 나이를 넘어선 나,
이제 서서히
쉰살의 문지방에 들어설 채비를 합니다
까맣던 머리엔
흰머리 성글어 친구 하자 하고
손등에선 검버섯이
아주 희미하게 편지를 보내네요

언제나
이 시간이면 텅빈 집에서
나의 두 친구
낡은 노트와 몽당 연필
우리 셋만이 정감을 나눌 수 있는
작은 공간이 있어 참 좋습니다.

때로는 기쁨으로 쓰며
때로는 눈물로 쓰며
때로는 화가 나서
집어 던지면서 쓰지만
그래도!!
묵묵히 나를 지켜주는
고마운 두 친구가 있어 참 좋습니다.

빛바랜 낡은 노트, 몽당 연필
고락을 함께 해온 세월도
어느덧, 강산이 두 번 바뀌고
훗날, 내 눈이 침침해서
두 친구를 못 볼 때까지는
내 마음과 영원한 동반자가 될 것이라며
나를 달래어
위로를 해봅니다.

부스럼

붉으락 붉으락
성내음을 참지 못하고
뚜껑없는 항아리
집을 지었구나

기인 치마자락 안에서
트집을 잡을려고
자꾸만 나를
절름발이로 만드는구나

바람 색도 고운 날
님 그리워
내 마음 한없이 서러운데
너마저 발끈거리면

나는 어쩌라고

수염 달린 옥수수

너는
이 들녘에 어른이구나
흰 수염 빨강 수염 휘날리며
층층이 달려 있는
사랑방을 열어보니
옹기종기 정겨운 모습들이구나

너의 뽀얀 가슴에 고인
빗물을 털어 주려다
살짝 베인 내 손가락

너의 몸뚱어리를 한겹한겹 벗겨 낸
실체 없는 눈동자들이
내 공복을 채워주고는
개미들 한데 실려 나가는 모습들

피망은 비만증

까르륵 웃음이 나네
난 지금 다이어트 중인데
너는 스스럼없이
비만증 배를 내밀고 있구나

썬텐으로 그을린
벌거벗은 태양 같은 얼굴
여린 햇살의
귀여운 배냇짓을 하는 얼굴

너의 통통한 가슴팍과
나의 숨은 속살 과체중 하고
비만증의 빨간 눈금은
자로 잰 것처럼 일치하구나

담백한 세월 앞에
너와 나 닮은꼴이다.

초콜렛

헐렁한 바지 주머니에
손을 넣는 순간
끈끈한 액체에
스토킹을 당한 기분이었다

실낱 같은 자욱으로
내 손톱을 핏물로 물들인
너를
일그러진 얼굴로
포효하고 싶다
너를 향한 서툰 몸짓으로
허공에다 소릴치고 싶다

언제나 일품의 맛으로
정갈함의 자태이더니
오늘은
너한테 절규를 한다

녹차

물빛 초록을 닮은
계단식 언덕배기
한치의 밭고랑도
어긋나지 않은 채
머리 컷트 단정함으로
햇볕에 가슴을 떠 안고 있다

아낙네들의
흰 두건 두르고 녹차 따는 모습들은
솜털구름 느릿느릿하게
산책하는 것 같다

가스렌지 주전자에서
펄펄 끓는 고통을 참아내며
내 입속에서
깔끔함으로 헹구어주는
연둣빛 향기

주섬주섬 내 가방 속으로
녹차를 가득 채우고는
내 마음은 층계를 내려오고 있었다.

소나무 가족

오랜만에 식구들이
한 자리에 다 모였다.

마당 한편에
왁자지껄

가마솥에 익어 가는
수육의 냄새 모양

솔가지 타드는 열기만큼
화기애애한데

부지깽이에
오금을 못쓰고 타드는

온 가족의 열기가 뜨겁다 못해
내 몸안으로 들어 온다

오늘만큼
어머니의 자궁 같이 편안함은 처음이다

광대

광대가 사람을 부를 때에는
다 이유가 있다.
한 번 올라간 광대는
내려올 줄 모르는 바보라서
사다리를 등에 업고
노익장을 과시하다
불꽃 스파크에
박피가 벗겨지는
미세먼지보다
작은 마음이 되었다.

울긋불긋 팔색조
광대놀이를 하는
과실나무들…

완두콩

청보리 휘어 감고
지각없는 세월에
당당한 너
인심 좋은 주머니 속은
중량 초과가 되어
외줄에 매달린 녀석도 있네,
풍향계에 따라
얌전하게 팔을 뻗으며
귀불마다 돌돌 매달려 있네,

추억 한 토막
푸른 보자기에 싸서 왔네.

방황

천둥번개의
검은 먹장 구름이 한바탕
어둠을 불사르고 지나갔다
스카프 두른 강물에
달빛이 여물어 노 젓는 소리에
나는 박제된 인형이 되었다
내 존재의 흔적
내 삶의 모서리들이
무게 없는 결함으로 다가온다

조각달에 비추어
내 마음에게 편지를 써보지만
끝없는 지우개만 고민을 시키고 있다

낚시

조석으로 물드는 강가
만월이 내려다 보고 있다
어색해 하는 어둠 속을
반딧불이가 길손을 밝혀주며
황소 개구리가 가래 섞인 음계로
신열을 토하고 있다
수풀을 헤쳐 나가는
살점 떨어져 나가는 파편들
나의 기다림의 연속을
낚아채간다.

긴긴밤 우수에 젖은
하늘의 교만만 바라보다.
메스꺼운 속만 스멀거린 채
밤 이슬 침상에서
하룻밤 동침을 했다.

화려한 외도

주민센터
노래교실
벼락치기 연습으로
부담 백배를 안고
실전으로 돌입
진도 지휘 아래
성대한 무대의
흥겨운 복권 소리에
소나기 들어붓는
음 이탈의 민폐
순간
볼품없이 무너진
나 자신에게
경을 치고 싶다.

몰락한 화려한 외도

키를 쓴 녀석

올망졸망한 눈망울
타닥타닥 소금 튀는 소리에
우박 같은 벼락을 맞는다
불호령 치는 할머니에
꽁지가 빠지는 녀석
오줌보의 응징은
괴춤을 추며
물관 내리는 소리 우렁차다
영문도 모르고
긴 삿갓 모자만 쓴 채
검정 고무신에
땟국물 얼룩만 배어 있다

할머니의 손

검버섯 얼룩진 얼굴에 지나온 세월을 담고서
할머니 마을 버스에 힘겹게 오르셨다.
검불 같은 몸 의지할 곳 찾아 둘러보시고
빠른 체념에 빈자리가 머쓱해진다.
자석처럼 끌어당긴 빈자리에 몸 맡기시고
휘어진 손가락을 주무르고 계신다.
칡뿌리보다 질기고 험한
도회지로 보낸 아들 생각이
퇴행선 관절염이 되었다.
황혼의 어깨 너머로 숨어서 우는
세상에서 가장 아름다운 손에
장성한 아들의 그림자를 꼭 쥐고 계신다.

석이버섯

서커스 곡예사처럼
허공에서 시간의 춤을 추고 있다
외줄 하나에 몸을 맡긴 채
벼랑 끝에서 선 사람
생과 사의 갈림 길
날이 선 벼랑의 칼끝에서
긴장의 도가니 속으로
몸을 던져 유영하고 있다

회색 가죽으로
포로가 된 너의 존재가
초심의 꽃이 되어
내 가슴 위로 눕는다.

소라의 집

우리 서민들은
내 집 마련을 위해
아등바등 독을 품고
변화무쌍하는
고뇌의 벽에 부딪히며
셋방살이 설움을
운세도 점쳐 보지만
우리 의도와는 달리
꽈리처럼 꼬이는 게 다반사인데
너희들은
소소한 일상에
더 가질 것 없는 모습으로
최소한 평화로워 보이는
미풍양속이 살아 있는 집이다.

산란

시궁창에 빠진 개구리 한 마리
만삭의 몸으로 산고의 고통을 치루고 있다.
새 생명을 출산하려고
전율이 밀려오는 떨림으로 엉거주춤 앉아있다.
붉은 반점이 점점 커지더니
태동의 꿈틀거림을 쏟아 놓는다.
뿌연 양수 막 속에서
터져 나오는 혈육의 퍼덕거림
무지의 덩어리로 집 한 채를 지었다.

해녀

긴 호흡을 멈추고
물구나무 입수를 한다.
허공에다 무슨 약속을 하는 듯
삶의 토악질을 뿜어내는
애환의 숨비소리
험한 가시로 난도질을 하다.
창살에 끌려온 성게
누드로 활보를 하다
물안경에 잡혀온 해삼들
넓은 집에서
마음껏 노닐다가
그물 망사리에 갇혀 있으려니
비상구 탈출만 엿보고 있다

미역 부치는 아낙의 등뒤로
어선들이 귀항하는 분주함이
간간이 들려온다.

모의고사

벼랑 끝에
물꼬를 트기 위해
의견 조율을 해 보지만
분화구에서 나오는 먹구름의
촉수 거부는
비수만 찌른다.
극약처방으로
솔로몬 지혜에도
공중에서 흩어지는
빗장만 걸어 잠근다.
고부간의 불협화음 사이에
자장면처럼 타들어가는 이 남자
중재역할을 하느라
바람만 바람만 따라 다닌다.

새벽 산

눈꺼풀이 디딜방아처럼 무겁다.
한 발짝 뗄 때마다
공룡이 건물을 짓밟는 흔들림이다.
써~억
일광욕을 쏘이러 나온
뱀과의 한판 승부였다.
얼음장처럼 창백한 내 얼굴은
외마디 비명도 나오지 않았다.
어느샌가 눈꺼풀 디딜방아는
전자동이 되어 있었다.

경운기보다 빠른 보폭

아!
새벽 산이 먼저 와서 드러눕는다.

눈썹

목단 잎사귀 춤에 설레어
짙은 화장에
통 굽을 신고
바람난 여자가 되었다
발걸음 페달을 밟으며
파우더 향기를 흩날리며
기쁨을 가늠하는데
등뒤에서 사람들이
거친 시선으로 비웃고 있었다
아! 거울을 보는 순간
너의 희비가 엇갈려 있었다
한쪽은 초승달이 그려져 있고
한쪽은 민둥산이 되어 있었다

혼성으로 그려진
너를 수습해 본다

한판 승부

호두나무 허리를 끌어안고
긴 장대 회초리로
도리깨질을 하며
청설모와 한판 승부를 한다
그녀는 어금니를 깨물며
목이 쉰 소리로 악녀 모습이었다
날카로운 송곳니의 청설모는
호두로 만찬을 즐기다
새파랗게 질려
탄력을 받은 달리기로
방패막이를 뚫으며 올라갔다
긴장감으로 관람하는 나에게
청설모는 나무 꼭대기에서
승리의 사인을 보내왔다

반딧불

한낮에는 부끄럼쟁이로
풀숲에 숨어 몸치장을 하고는
별들이 축제하는 밤이 되면
허리춤에 사랑의 신호
호롱불을 밝히며
축제 장소로 마실을 나가
사랑의 청혼가를 부르며
불타는 실루엣을 만듭니다

기구의 힘을 빌려서 밝힌 불은
가식의 어둠을 인도하지만
너의 숙명 힘으로 밝힌 불은
잃어버린 추억을 싣고 오는
그리움의 기억의 창고들이다

첫 만남

반쪽들만 남은
귀걸이들의 첫 만남이 이루어지고 있다
오른쪽은 보라색 빛 수정
왼쪽은 무지갯빛 진주
21세기 유행 패션이다
각각 낯선 모습으로
맞선 교류를 해오니
어리둥절한 내 귓불이
바싹 초긴장을 해온다

위풍당당한 내 귓불에선
커플 한 쌍이 탄생했다

모발건조기

곱슬곱슬한 내 머리를
아무 지불도 받지 않고
뜨거운 바람의 기운을 넣어주며
매일 변신을 시켜준다.
때론 못생긴 뒤통수에
곱슬머리가 넌더리가 날 땐
내 머리에 비듬이 날릴 때는
불만에 항거하는지
엔진 달리는 괴성 소리를 지르며
내 머리 속을 벌겋게
흉터 자국을 만들어 낸다.

오늘은 피곤이 누적된 너를
변신의 무죄를 덮어두고
휴가를 보내어 준다.

억새풀

마른 바람을 가르고
산등성이 돌계단을 넘어오니
불모지에 뿌리를 내려
옆가지 하나 없는 곧은 줄기로
소리 없는 형상으로
솜사탕 모자를 쓰고 있는 너
언제나 사람 냄새가 그리워
목마른 갈증만 허덕이다
나의 인기척을 듣고
내 목덜미를 간지럽힌다.
버스를 타고 짐꾸러미를 정리하는데
너의 솜사탕 한 뭉치가
얌전히 나를 따라 오고 있었다.
너는 나보다 먼저
친구하자고 악수를 내민 멋쟁이다.

유등제

교각 위에서
바싹 다가서서 바라본
남강의 흐름은
붉은 꽃불의 일렁거림이다.
겹겹이 안으로 접은 꽃잎들은
눈썹처럼 잘 다듬어져
빛으로 산화되고 있다.
물결에 사연들이 들어 있는 불을 밝히고
서로 떠밀리지 않으려고
부둥켜 있는 소중한 고리들
흔들리는 부교 위를 건너가는 행인들
저마다 소원을 비는
그림자로 낳는 체취들이
느낌표로 다가온다.
오목한 꽃잎 속에서
불꽃의 향로들을 밝힌 너희들은
남강이 배려를 해준
허락한 사랑의 아름다움이다.

*부교(浮橋) : 배나 뗏목들을 여러 개 잇대어 잡아 매고 널빤지를 깔아서
　　　　　　만들거나, 교각이 없이 임시로 강 위로 놓은 다리.

47

밤 깎는 아낙들

이층 창문 밑 그늘 아래
동네 아낙들이 삼삼오오 앉아서
박장대소를 하며 밤을 깎고 있다.
지난밤, 서방님이랑 티격태격 다툰 일
입에 침이 마르도록 자식 자랑하는 뚱보 아줌마
세상살이 내 마음 같지 않다는 푸념소리
동네 돌아가는 파수꾼들이
정보 수집을 하고 있었다.
허름한 고무장갑을 잘라서
열 손가락에 끼고서
곡선하나 없는 원을 그리며
밤을 돌리는 손들은
전자동 기계가 상표를 찍어내는 것과 같았다.
흰 살을 드러낸 누드의 알밤들이
거울처럼 맑은 물에 몸 헹구는 소리
이층 창문 틈에서
모든 정보 수집들을 몰래 엿듣고
수첩에 기록을 하는 그녀

낙엽

나른한 오후
오목 연습을 하고 있는데
창문 틈으로 침투한
낙엽 한 잎
구멍난 홑껍데기 차림으로
바둑판 위에 뚝 떨어져
외로운 선을 그으며
몸짓으로 먼저 말을 건넨다.
툇마루가 있는 마당에선
역마살이 붙은 것처럼
분분히 흩날리더니
세월에 상처를 껴입고는
나에게 질문을 걸어온다.
오목 한판을 같이 두자며
얼토당토한 말을 던지고는
가을의 텃새를 한다.

벌집

절벽 위에 벌들의 집
헤아릴 수 없는 작은 월세방에
세입자들이 빽빽하다
보물창고를 지키는 보초병
산란을 하는 산후 조리반
설탕물에 불어터진 입술들
마취제 연기에 수술 방도 있다.
치열한 전쟁 속에서
휘파람과 날개 퍼덕임이 왕성한 자만이
월세방에서 거주할 수가 있는 삶
목성을 타고
망원경으로 보는 세상이여

그 섬에는 다리가 있었다

정장의 외투를 벗어 휘두르며
사정없이 목울대를 세워
질러대는 소리에
맞은편 돌 섬에서
휘모리 장단으로 도돌이표가 되어
메아리로 울려 퍼지고 있다.
햇살이 바위를 데우고 있을 때쯤
금빛물결의 음향을 타고
나룻배가 무한 회전을 일으키며
그 사내 옆으로 다가온다.
섬을 이어주는
하얀 폿말의 다리가 놓인 채
가속도를 붙이고는
그 사내는 유유히 건너가고 있다.

암벽등반

불현듯, 탈피하고픈 일상에
불끈 쥔 주먹 우격다짐으로
비대하지도 않은
내 자신과 타협을 해본다
허리를 동여맨 안전띠 하나에
날카로운 경고음이
청진기를 댄 것처럼
맥박이 거침없이 뛰며
내 심장을 도둑 맞은 것 같다
동강난 연필처럼 매달려서는
내 마음을 저울질을 해 보는데
잔돌 구르는 소리에
바위가 쪼개질까 봐
그만둘까 하는 후회와 조바심이
나를 달음질을 하며 셈을 하고 있었다
내 마음 부스러기들을 다 날려 버리고
홀가분한 마음이지만
근육에 통증이 와서
약봉지를 들고 가는 중이다

풍물 난타

성곽을 뚫고
신이 들린 것 같은 힘찬
두들김소리에
관중들은 묘한 매력에 빠져있다
숙맥처럼 느낌이 둔한 나도
온 몸을 관통하는 느낌이다
우리의 고전 악기들로
건장한 사람들이
메치고 후려치는
쉽게 접할 수 없는 풍물 난타
장엄하고 웅장한 소리
가슴을 강타하는 소리는
필시 신이 내린 소리였다
화장을 대충한 내 얼굴엔
어느덧 상기되어 있고
말라 바스러지는 낙엽들은
바람들을 불러 모으며
카드섹션 물결을 이루고 있다

권태기

카리스마가 있는
그대의 그늘 밑에서
향기가 나는 비누처럼
둥근 세월들을 가꾸어 왔는데
살짝 반사경으로 보이는 그대가
땡감을 씹은
일그러진 모습으로 보인다
낡은 구호처럼 느껴지며 다가오는
형벌 같은 사랑을
깡그리 비워 버리고 싶다
누구나 예정된 권태기의 시간 속을
길을 잃은 바람한테
나 혼자 선문답만 해 본다

탁구

탁자 위에서 다정한 연인들이
눈빛을 마찰시키면서
나무 주걱으로 밥알들을
리얼하게 서로 주고받으며
사랑 배부름을 노래하고 있다
똑딱똑딱
느낌도 경쾌한
사랑의 밥알이 튀는 소리에
주눅이 들어
내 마음 갈무리만 하는데
호주머니 속으로 밥알 하나가 살풋 날아든다
나는 밥알을 이런저런 기교를 부려보며
행운의 빈 주걱이 남아 있는지
찾아 나서 보련다

무인 카메라

사랑 고백을 받던 날
살가운 아이 마냥
기쁨을 가늠하지 못하고
하늘을 잡으려는 듯 달렸더니
너는 기자처럼
끈질기게 나만 따라 다니며
특종을 잡았다고 카메라 셔터만 눌러댄다
얼마후
한치도 어긋나지 않은
명백한 기록 증명서에
이유는 달지 않겠습니다
다만, 스캔들이 나지 않고
여운으로 남겨 두었으면 좋았을 텐데

뻥이요

작은 미니 화롯불에서
마른 장작으로 불씨들을 날리며
팽팽한 태엽을 당기며
온도계의 고도를 높이더니
덥수룩한 아저씨 소맷자락을 걷어붙이고
경고장을 한 번 알리더니
폭음이 터지는 괴상 소리와 함께
수증기가 하품을 토해냈다
새까만 포대에서
소다와 사카리를 먹고 부풀린
하얀 이밥들
단내의 윤기가 자르르 흐른다
집으로 돌아오는 길
헤픈 웃음을 지어 보이며
입가심으로 고소한 뻥튀기 한 봉지를 다 먹고
입안이 다 헐었다

재첩국

하동 섬진강 청정해역에서는
하얀 수관을 내밀며 잘도 웃던 너였는데
뭍으로 오르는 나를 따라 우리 집으로 온 너는
나의 내심을 알아 차렸는지
고향 냄새가 그리운지,
시무룩한 표정으로 시위 중이다
미안한 마음 앞서지만
목젖 누르는 알싸한 맛 어쩌지 못해
청정해역 토해내라고 등을 토닥인다
고집부리며 꼭 다물었던 입술
화기에 견디지 못하고
스르르 바다 속 얘기를 들려준다
사람이 되고 싶은 인어공주 얘기를
눈 질끈 감고 삼켜버린다

함석 기왓장

시골의 5일 장터 도로변
트럭 위에 함석 기왓장의
모델 하우스가 멋들어지게 만들어져 있다
장사꾼의 흥정하는 호객 소리에
지나가는 시골 사람들
호기심 어린 초점들이 모아지고 있다
걸레질을 해 놓은 것처럼
반들거리는 너를 만져보며
낡아빠진 석가래 지붕들이 교차를 한다
세상살이가 궁핍하여
금이 가고 깨진 흉한 몰골들이
이젠, 한마을 전체가
함석 기왓장으로 지붕 개량을 하고는
정교하게 잘 꾸며진
아담한 민속촌 느낌이다

*함석 : 아연을 입힌 얇은 철판. 백철. 아연철. 함석철. (참고)양철.

통발

만선의 꿈을 안고 출항할 어선들이
시간을 기다리며 묶여져 있는 선착장
곰방대를 빨아들이며
까칠한 잔주름의 손으로
구멍난 그물들을 깁고 있다
또 다른 한편에서는
속임수로 물고기들을 유인할
통발 속에 미끼들을 달고 있다
농도 짙은 너의 유혹을 겁탈하려다
출구도 없는 원통 속에 갇혀
탈주를 계획하며 온갖 앙탈을 부리는
푸른 비늘 파닥거림이 튀어 오르곤 한다
흔들거리는 펫목을 타고
통발 속에 들어 있는 물고기들을 꺼내려니
외도를 하다 실성한 수초들은
제 마음을 들켜 버렸다고
야멸치게 비명소리를 질러대며
바닥으로 몸을 바싹 붙인다

신 내림

사랑과 재채기는
숨길 수 없는가보다
호언장담으로 큰 소리치더니
쓰나미처럼 밀려오는
피눈물의 고통을
대역 죄인처럼
온 몸을 비틀고 있다.
혀를 감추고 있는 독이
이렇게 큰 복병일줄이야
정말 차원이 다른
센 놈인가 보다.

캡사이신으로 격렬하게
신 내림을 하는
그 사람

대장장이

재래시장 한 귀퉁이
덥수룩한 구렛나룻 수염의 맵시로
벌겋게 달구어진 쇠붙이를
손바닥에 굳은살이 박히도록
망치로 두들기고 있었다
잡동사니 수만 가지로 걸려 있는
도무지 불가능할 것 같은
쇠붙이의 소모품들이
대장장이 손만 닿으면
보름달처럼 채워지며
다듬어지는 보석들이었다

지금도 내 귓전에서는
대장장이의 기침 소리가 들려온다

찜질방의 해프닝

초대 이용권으로
불가마 속에서 노폐물을 걸러내며
수다를 떨고 있을 때쯤
갑자기 바닥에서 은은하게 퍼지는 가스
순간, 침묵으로
서로 허공만 응시하고 있었다
사방에 공기구멍 하나 없는
밀폐된 공간에서 입을 꼭 다문 채
얼굴들이 누런 종기처럼 뜨고 있었다
차라리 팡파르를 울리는 소리였으면
헛구역질을 하는 충격은 없었을 텐데
아주 태연히 내숭을 떨며
삐딱하게 돌아앉은 그녀
생리의 현상에 용서를 해준다

그 남자

남향 햇빛을 받으며
오뚝한 콧날에 쌍꺼풀진 눈으로
형형색색으로 물들인 실타래들이
탯줄의 이음줄처럼 한 올 한 올 생을 뜨고 있다
출입구 벽면에서는
수작업의 뜨개질을 완성품들이
날개를 단 듯, 철사 옷걸이에 걸려 있다
남자가 수예점을 한다는 것이
쉽지 않은 일지언대
나는 자꾸만 풀리지 않은 수수께끼로
의문부호만 생겼다
꽤 오랜 시간 그 남자 옆에서
입 한번 떼지 않고 부동 자세로 서 있다가
과감하게 용기를 내어
한번 만져보아도 되느냐고 말을 건네 보았다
남의 시선을 개의치 않은 채
삶의 뜨개질을 하는 그 남자

방앗간

자외선 살균기 투입구에선 곡물들을 빻느라
벨트가 시끄럽게 돌아가는 소리
또 한쪽에서는 참기름을 짜내고
찌꺼기 깻묵을 털어 내는 소리
맨 안쪽에서는 시루에 얹어진 떡들이
스팀을 뿜어내는 소리들이
천장으로 슬금슬금 모이더니
합궁들을 하고 있다
두루뭉실한 그녀는
허리 통증이 또 도져온다고
복대를 하고는
사방을 살펴볼 겨를도 없이
사포처럼 거친 손길이
악착같은 삶이 느껴진다
무력함으로 플라스틱 의자에 앉아
순서를 기다리고 있는데
은비녀를 정갈하게 꽂은 할머니가
들깨가루를 빻아 달라며 들어오신다

복을 짓는 사람들

햇살을 데우는 한나절
대문 입구에는 코뚜레가 없는 송아지가
낡은 외투를 걸치고
되새김질을 하며 한가로운 모습이다

지글지글 끓는 구들장에서는
시골 아낙들이 누빈 솜바지를 입고
지문도 닳아 잘 보이지 않는 손으로
복조리를 만들면서
구부정한 허리로 잡담들을 하며
삶의 애환이 담긴 육자배기 가락들은
추임새 대신 마른기침들이 섞여 나왔다

대쪽 칼로 잘 다듬어진
복조리의 곡선미로
액운들은 걷어내고 복들만 흰 눈처럼 소복소복 쌓였으면

장티푸스 (열병)

29살 장티푸스 판정이 되는 날
40도의 고열과 추운 한기 떨림은
수전증보다 더 강한 흔들거림이었다
바람을 쪼아먹는 어둠과 싸늘한 조각 웃음뿐인
외진 골방에 격리된 채
어린 사내 아이 둘은 엄마와 같이 있겠다며
자물통을 잡고 울음바다가 된다
뭉텅뭉텅 빠지는 머리카락
전염될 우려로 발길을 뚝 끊어버린 사람들
그러나, 그대만큼은 예측할 수 없는
치료가 불가능할지도 모르는 일을
핏기 없고 핼쑥한 얼굴을 닦아주었다
바이러스 세균을 죽이기 위해
내가 만지는 것들은 모두 소독을 해야하는 과정
암실 속에서 외로운 들짐승처럼
생과 사의 갈림길을 포효하고 있었다
이 매운 세상의 대가를 치르고
또 다른 삶을 살고 있는 지금
그땐, 어찌 배겨내는지

공동명의

수저는 공동명의로 되어 있지만
서로 다른 색깔을 가지고 있다
그러나, 서로가 하지 못하는 단점들을
언제나 곁에서 나무라지 않고
묵묵히 감싸주고 있다
숟가락이 국만 떠서 먹으면
편식으로 영양부족이 될까봐
젓가락이 골고루 반찬들을 집어서
영양사 담당을 해준다
언제 하루살이보다 짧은
삶의 마감이 올지도 모르는 일이지만
항상 금실이 좋은 한 쌍으로 귀감이 되곤 한다
너의 사랑들은 유효로 인정하며
과연, 공동명의로 올라갈 자격이 되는
일심이체 수저이다

월담

상상의 나라 컴퓨터 속에서
눈에 익은 닉네임이랑
대화를 나누고 있는데
갑자기 우르르 비명소리와 함께
지진 같은 훼방꾼이 등장을 했다
설마 하는 마음에
맨발로 뛰어 나가보니
아래층 세입자 동거인이 싸움을 하다
예전부터 균열이 가있던
이층 계단 축대를 무너뜨리고 말았다
순간 폭격을 맞은 아수라장에
구경꾼들은 하나 둘 모여들었다
아둔한 삶에 오죽하면… 하면서도
빌어먹을!
몇 시간째 부서진 콘크리트 위를
월담만 하고 있다

소나무 재선충 (에이즈)

너를 살려 보려고
링거도 꽂고 영양제도 놓아주며
애지중지 간호를 해 주었지만
너는 끝내 불치병에 걸려
독이 온몸으로 퍼져
더 이상 치료도 불가능해
환부를 잘라내는 통곡의 소리로
삶의 굴레를 벗어 던지고
잎새의 끈을 놓고 말았다
익명의 하늘 아래
너의 임종을 알리는
하얀 덮개를 씌워 놓은
무덤의 봉우리들

너는 나를 배신하고 떠났지만
나를 너를 아직도 보내지 못하고
내 마음에 묻고 있다

바리케이드

북새통을 이루는 출근 버스가
항상 그 지점만 가면
차량 통제를 시키곤 했었지.
승객들은 기계화처럼
아무 거부 반응도 없이
실행을 따라 주곤 했었지
이어 헌병이 버스에 올라
잠시 검문이 있겠다며
내 앞으로 다가올 때면
괜스레 죄수인 양 고개를 떨구곤 했었지

군사 도시이다 보니까
미심쩍은 사람들은 통과하지 못하고
검문소에서 신분 조회를 받던 그때

*바리케이드 (barricade) : 적군의 침입이나 공격을 막기 위해
　　　　　　　　　　　 길목 등에 임시로 설치해 놓은 장애물.

단역

자루 속에 연장들을 챙겨 넣고
한나절 칡 캐는 단역을 맡았다
칭칭 그물처럼 꼬아 놓고
사랑 교감들을 하는 너에게
인정사정 볼 것도 없이
곡괭이 한 번 휘돌리니
조각 잠을 자던
지렁이 하혈을 하며
수세미처럼 질긴 너의 살점에
슬근슬근 톱질로
강간을 해 버리니
하얀 진액으로
거침없이 침투를 해 오는 너

묘미

곰상스럽게 잘 삭혀진
여러 장르의 젓갈들이
드럼통 안에서 점령을 당한 채
묘미를 부리고 있다
음탕한 눈웃음의 바가지들은
젓갈들의 포식에
배불뚝이가 되어 있고
너의 호젓한 맛들을
이쑤시개로 찍어
입가심을 하다보니
갈증으로 냉수의 두 사발로
한끼의 요기가 때워졌다

인색하게 사는 나
덜미에 잡혀 사는 너
별반 다를 게 무엇이겠는가

배신의 그림자 (산불)

꼬박 이틀을 이성을 잃은 채
망나니처럼 횡포를 부리며
발악하는 분노를
먼발치서
지뢰 같은 가슴을 찢어 뜯으며
영영 깨어나질 못할
주검의 눈을 보고 있다
질긴 목숨 부지하며
음향으로 가꾸어온
알토란 같은
당신의 삶의 그루터기까지
덥석 물어간 너

아직도 바람의 머리채는
한줌의 재를 날리며
헐벗은 네가 서 있다

마이크

나는 주연이고
너는 언제나 조연으로
나의 뒤에서 무대를 빛내주는 너
나의 들숨날숨 입냄새와
끈끈한 침을 발라가며
음치의 항변으로
비명을 질러도
아름다운 마침표를 찍는 너
너는 나의 감성코드를
기쁨의 원천으로
테마를 만들어 주려고
항상 배경에 서서
조미료 같이 맛을 내는
너는 나의 타인이 아니라
애인이다

안전모

너는 군기반장의 독사이다
천방지축인 나를
언제나 불호령을 선포하는
살아있는 교과서이다
이따금씩
은근슬쩍
반칙을 하려고 하면
너는 한치의 양보도 없이
호락호락 넘어가지 않는
귀에 딱지가 앉도록
중독의 잔소리를 해댄다

너는 의리로 사는 다혈질이지만
내 속의 나를 지켜주는 파수병이다

경매인

초록의 이끼가
이슬을 대롱에 꽂을 때쯤
새벽시장 어물전, 청과물전에서는
힘찬 소리로
시작을 알리고 있었다
이어폰을 낀 구성원들이
비밀의 암호를
손금으로 그려가며
비음 섞인 소리로
도대체 알아들을 수가 없는
삶의 자양들을
적절히 분배를 하고 있었다

기왕에 온 것
나도 경매에 낙찰된
사랑을 고봉으로 사왔다

인두

내 어머니는 혼수품으로 해오신
인두를 화롯불에 달구어
입으로는 분무기 흉내를 내시면서도
구김살 하나 없이
칼날을 세우는
마이더스의 손이었는데
나는 자동 스팀다리미를 잡고서도
공습경보만 울려
도리질만 하다
기어코
내 마음까지 구겨져 버렸다

청미래덩굴 (망개잎)

너를 까마득히 잊고 있었는데
팥소를 담은 송편들에
하트 같은 잎을
꽁꽁 동여맨 채
가마솥에서 비지땀을 흘리며
거듭나고 있었다

이 얼마만의 해후에
벅찬 희열이 느껴진다

분명코
너는 푸른 띠로
늙지도 않은 추억을
꽉 부여잡고 있었다

밥의 종착역 (누룽지)

부드럽고 윤기가 나는 것은
그대에게 다 드리고 나면
난 언제나 밑바닥에서
천연두 흉터가 되어
왕따가 된다

비록 종착역에서
거북 등처럼 쩍쩍 갈라지는
가뭄을 맞지만
이것 또한 땟거리가 없어
끼니를 굶는 노숙자에 비하면
복에 겨운 일이라고
또 뜸을 들인다

7일간의 수임

불안과 긴장감 속에서
가게를 지키는 찰나
빗발치는 벨소리가
고막을 부수고 들어온다
허겁지겁 손수레에 주문을 싣고
북적대는 틈바구니 사이를
요리 저리 빠져 다니다
아스팔트가 슬리퍼를 녹일 때쯤
노점상의
낯익은 노파를 찾아
사랑 두 가마니를 전해 주었다

임무 수행를 마치고 돌아가는 길목에서
여름을 토해내는 매미가
정답게 동행을 해주며
가쁜 숨에 찌든 피로를 풀어준다

여왕벌

직위가 높든 낮든
샹들리에 조명 아래에선
아무 절차도 필요 없는
영접을 받는 곳이다
넌더리 나는 세상 독설을 해도
에로틱한 모습으로
위장술을 부려 보아도
이 밀림 속에서는
누구도 이의를 달지도 않은
머피의 법칙들이다

뜨겁게 투영되던 땀이 마를 때쯤
김마담의 허벅지는
허물을 벗고 안개 속으로 사라졌다

해우소

찢어진 청바지에 여장을 풀던 그녀가
헛간으로 쏜살같이 들어가는 순간
아이라인 짙게 바른 얼굴이
먹물이 흥건한 채
노랗게 사색이 되어 나왔다
짐작건대
쇠파리 날리며 인분을 받아먹던
짐승의 순간 포착에
심장이 멎는 줄행랑을 치다
발목도 삐었는지
다리도 절룩거리며 나왔다
사지를 떨며 경직되어 있는
그녀의 한 장면에
표정관리 웃음을 참느라고
혀만 깨물었다

래프팅

내 아버지는 하루도 빠짐없이
기상 예보를 듣고
만선을 기다리며
바다로 나가시곤 했는데
너는 사나운 해일과
파도가 범람하기를 바라며

기암괴석 아래
회오리 급물살을 타고
괴물 같은 소리를 냅다 지르며
세상을 통째로 삼켜버리는 듯
맹수처럼 달려드는 너

필시 너는
신들린 칼춤을 추는
무당의 굿판이다

홍시

탱탱하게 젊음을 과시하던 너도
계절의 귀족 앞에서는
홍조 띤 점을 찍는
성숙한 나신들이구나
장독대에 살풋하게 내려앉은
달디단 향내가
갈바람에 방역을 시키니
날갯짓을 하던 새들도
보조 출연으로
설레발을 떨며
가을의 이삭줍기에
뒤풀이를 하고 있다

바코드

난방시설이 정교한 백화점
쿡쿡 찍어내는
바코드 감시망들이
비상등을 깜빡거리며
취조를 하고 있다
불과 몇십 년 전에는
외상 긋는 장부가
단골의 증표가 되었는데
신문명 삶의 방정식에 밀려
세월에 잠들어 버렸다

비록 외상은 사라지고
신뢰감은 있을지언정
에누리 하나 없는
야박한 인정이 아쉽다

곶감

볕 좋은 햇살에
주저리주저리 꿰어
거꾸로 매달린 채
오선들을 긋는 모습들
가로세로 주판알들이
적나라하게 나열되어 있고

삭은 나뭇가지엔
만산 홍엽의 까치밥 서너 개를
텃새 한 마리가
완숙되는 가을을 만끽하고 있다

냉면

너를 끊어야
내가 포만감을 느낄 수가 있는데
너는 질긴 숨줄로
팽팽한 오기로
까탈을 부리지만
그럼에도 난
무딘 가위로 겨냥을 하며
며칠을 굶은 산도둑처럼
음탕을 해 버렸다

조금 전의
너의 도도한 자태들을
항복을 시킨 채
깔끔하게
퍼펙트를 해 버렸다

동네 카페

메뉴는 달랑 두 개
라면, 커피뿐이지만
어느 누구도 시비 거는 이 없이
지금의 만감으로
국물 한 방울 남기지 않고
마담은 몸을 사리지 않은
바지런한 노하우에
뱃살이 덩달아 신이 난다.
춥고 허기진 자에게는
격식을 갖춘 양식이
무엇이 그리 중요하겠는가

바람은 통째로
따귀를 때리는데
방한복 차림의 마담은
배짱이 두둑해 보인다.

손가락

경제속도 고공행진에
임신중절, 출산율 감소
개인주의 과잉보호 시대다.
단칸방에서 쪽잠을 자며
강냉이죽에
밥풀데기 주워 먹던
언저리 그리움의 음률이다.

한사코
대가족을 기피하는 현상으로
이젠, 애완견 식구가
북적북적 한다.

특별한 날

길섶의 잡초들
예초기 작업을
절반가량 했을 때쯤
장화신은 발바닥이
느낌이 싸아해 왔다.
얼떨결에
일광욕을 즐기는
뱀을 단단히 조여
회심의 일격으로
쐐기를 박았다.
만반의 중무장을 했으니 망정이지
하마터면 낭패 볼 뻔 했다.

오늘은 땅꾼이 되는
특별한 날이다.

무도회장

마치 시루떡을 겹겹이
쌓아 놓은 것 같은 상족암
천혜의 절경에
사뭇 진지한 표정으로
그날의 흔적들을 전하고 있다.
억 겹의 세월을 잠적해 있다
어느 날 홀연히
마당 바위에 뚜렷하게 나타난
공룡을 고스란히 그대로 옮겨 놓은 듯한
무도회장의 공룡 발자국

사람 손때 묻지 않는
낙후된 곳
오늘 또 하나의 추억을 만들었다.

유통기간 하루

남편이 상기된 얼굴로
호통을 치면
아내는 사색된 얼굴로
공포에 질린다.
미우나 고우나
한솥밥을 먹는 식구라며
한날한시에 죽자더니
또 그놈의 속물근성
참지를 못하고
돌연변으로 변하는
유통기간 하루의 부부싸움

입주

고유가 시대에
잰걸음으로 따라가자니
뱁새가 웃는다.
빵모자 빨간 내복에도
신경통 정강이 바람은
진절머리가 난다.
목공소 폐기처분하는
잡동사니 나무들로
영양공급을 하니
그 사람 어정쩡한 자세로
새로 입주한
난로와 열애중이다.

건초롤

알찬 녀석들은
찬 서리에 모가지가 꺾어질세라
주인들의 막바지 준비로
넉넉한 식량 확보로
곳간에서 인심을 내고 있네.
허나 너희들은
텅 빈 들녘에서
빈티지 카페 같은 그림들로
테마들이 있네.
마른풀로
끈기 있게 기다리는 미학
숙성의 사료들로
거듭나려고
세팅 완료로 있네.

사랑에 빠지다

오늘도 상사병에 걸려
버스정류소에서
지나가는 그 사람을
하염없이 보고 있다.
우람한 성품에
뼈대는 굵고
입으로는 잘 먹고
항문으로 잘 싼다.
초인종 벨을 누르면 많은 미담이 나오며
종횡무진 앞만 보고 달릴 때
손잡이 흔들림의 매력은
진공청소기처럼 빨아들이는
천생연분 버스 사랑이다.

검은 폭포

로비에서 마주친
섹시한 레깅스에
볼륨감 있는
쌍둥이 자매들의
아름다운 뒤태
다소 촐싹거리며
떼쟁이들이지만
엄청난 길이의 긴 머리는
큰 파장으로 다가왔다.
그녀들의 매력
공기를 휘어잡는 피날레에
사람들은 불나방처럼 몰려들었다.

그녀들의 긴 머리는
눈길을 그물로 낚는
검은 폭포가 출렁이는 것 같다.

바람둥이

한날한시에 똑같이 태어났지만
용도가 다르게 구분되어
공생의 법칙으로
애정 행각을 하고 있다.
시기적으로 딱 맞은
메인 메뉴들
명태 생태 동태 황태 북어
대동단결로
코너에 같이 가고 있다.
다재다능한 재주꾼으로
일부다처제
여러 마누라를 거닐고 사는
사랑놀이

명태의 바람둥이 대물림은
지금도 진행형이다.

망원렌즈

숲속의 포식자
멀리 있는 물체를
빈틈을 포획하기 위해
절벽을 순찰하며
매의 눈으로 견제를 한다.
최적의 타이밍과
민첩성으로
꽁지로 브레이크를 밟고
두발로 먹이사슬을
포식 만끽을 한다.

고공의 자맥질은
생애 가장 성숙한 순간이다.

엠보싱

캄캄한 칼바람에 비하면
이 마저도 감지덕지이고
피곤은 옵션이라며
평생 직장을 얻어다는 귀촌부부
방목처럼 풀어놓고
수위조절 잘 견디며
긴 두루마리 화장지처럼
매달려있는
올록볼록한 미역들
우레와 같은 파도와
일분일초도 허용할 수 없는 작업이지만
바다가 미역 양식을 내어주는 것도
적선이라며
고맙다는 귀촌부부

교정 훈련

겨우내 잃었던
얽히고설킨
유실수들을
교정을 시켜주었다.
농작물은 주인의
발길 소리에 의해 자라는 것
틀어진 기형아는 관절보호대로
핼쑥한 난쟁이는 애무로
해산을 시켜주었다.

세상 밖으로
화촉을 밝혀주니
박새가 엉큼하게 앉는다.

거리의 무용가

누군가의 도움이 필요한
복잡한 진입로
제복을 입은
교통 경찰관
기계적인 반응을 한다.
평생 은퇴가 없는 질서의식을
완벽한 무게 중심으로
구호시범을 하고 있다.

사실감 있게
혼신의 힘을 다하고 있는
포도당 주스 같은
당신의 특혜를
닮고 싶은
당신은 손색없는 무용가입니다.

이동 슈퍼마켓

길은 길인데
딱히 길이라고 할 수 없는 오지
행선지를 정해놓고
징검다리 날짜로
슈퍼마켓 장이 선다.
다듬어지지 않은 거친 목소리
반가워서 맞는 인간 샌드백
다들 후한 웃음이다.
거침없는 화법으로
어필을 하며
박리다매로 최저가 타이틀이다.

출출할 때 먹던
서민의 막걸리 맛 같은
긴 그리움의 대상
오지의 슈퍼마켓 장날

작업실에 걸어둔 그림

며칠 전
그물을 쳐놓은 곳
여러 어종들이
미끼에 걸려
눈이 호사스러운 그림들이다.
부수입으로 짬짬이
옹골찬 국민생선
여드름 같은 어패류
까슬까슬한 해조류
비록 개체 수는 적지만
성취감으로 나름 만족을 한다.

만물박사인 그물
금싸라기 같은 희망의 어장
돈으로 환산할 수 없는
작업실에 걸어둔 그림들이다.

가을 운동회

무섭게
사냥개 짖는 소리
위험 봉착을 받고
망나니처럼 날뛰고
설상가상
나뭇가지에 줄이 칭칭 감겨
진퇴양난이다.

긴 사투 끝에
가까스로
무사 귀환은 했지만
온 몸이 쑤시는
다시는 상기하고 싶지 않은
난데없는 거사를 치룬
소몰이 줄다리기

도깨비 방망이

금년에 데뷔 시켜놓은
재간둥이 새순들이
엘리베이터처럼 쏙쏙 올라온다.
이어 질세라 꽃대들도
풀코스로 선창을 하며
툭툭 옷을 벗는다.
때론 양동이 물질로
어깻죽지 고통에
땀의 내공 없이는
결코 누릴 수 없는 일

나만의 맞춤형의 텃밭은
쏠쏠한 재미가 있는
도깨비 방망이처럼
곡식이 척척 나오는
행복 전도사다.

애마

일말의 의심도 없이
과감하게 펼쳐지는
바람난 사랑
심지가 깊은 널
야심차게 꼬드겨서
반쪽짜리 사랑으로
리모컨 대신
자물쇠 신세지만
나에게는 떼려야 뗄 수 없는
허락된 매력
자전거와 인간의 동행

이 사람 부자

수로에 지폐가
정지 비행을 하네.
난 온종일
호미질에
먼지로 호흡을 하는데
이 사람은 부자인지
돈을 흘리고 다니네.
계획에도 없던 횡재
흔들리는 내 마음
간신히 수해복구를 하고
훈방조치를 해주었네.

돈과 맞바꾼 더덕의 수확이지만
그놈의 돈이 화근이 되어
자꾸만 눈에서
스멀스멀 거리네.

인형 뽑기

물이 조각한 섬
벙거지를 눌러쓴
남루한 행실
아담한 쪽배를 타고
긴 장대로 낫을 묶어
원초적인 접근으로
해산 미역 톳
건져 올리고 있다.
수확물은 영 신통치 않지만
바다를 평정한
알토란 같은
해산물 대진표다.

그녀의 회심
해산물 역작들은
원조의 인형 뽑기 산증인이다.

역적

우리 밥상에 빠질 수 없는
다다익선 산나물
내 키에 육박하는
마대 자루가
배가 볼록했는데
펄펄 끓는 온수에서
기가 죽어
새 꼬리 분량에
어이가 없는
실소가 절로 나온다.
난 추호도 의심을 안했는데
너의 불찰로 인해
역적으로 몰린 느낌이다.

버선발

초원이 없으면
인류행성도 없을 터
집단적으로 매달려 있는
돋보인 군무
아카시아 꽃들의 파라다이스
아직 덜 개화된
버선발 모양
양봉의 생명이고
안락한 영웅 대접을 받는다.
필사적으로
버선발을 찾아다니지만
시기를 놓치는 게 부지기수인데
이번 여부 판단은
자연산 웃음이 저절로 터지는
속이 꽉 찬 복권당첨이다.

매일 결혼식을 하는 부부

한물간 간판
예식장 사진관
한때는 지각변동을 일으키며
영화를 누렸을 텐데
여건상
하루 일 분량은 미비하지만
소싯적 카메라로
웨딩사진을 찍으며
매일 결혼식을 하는
노부부의 공동투자구역
사진관의 사료적 가치관은
환산할 수 없지만
있는 듯 없는 듯
한 발짝 뒤에서
서로를 보필하며
평생을 받친 직장…

지구 한 바퀴

아내는 바쁘고
남편은 부재중
한나절 종종 걸음으로
호미질의 둔탁한
분노의 괴력
허기진 빨간 신호에
빈손으로 달랑달랑 오는 모습
괘씸죄만 들고
죄책감은 커녕
적반하장으로 큰소리친다.

에라 개뿔
소문만 금실 부부
등을 돌리고 닦달한 사이
지구 한 바퀴는 돌고

무관심

팔다리가 묶여
조종을 당하고 있는 널
아는 척도 말고
그냥 내버려둔다.
공기 차단제로
비닐로 원천 봉쇄
기수 터울 없는
비슷한 연식들
식별 가능하도록
실명 기재를 한다.

너는 나에게는
회춘해서
이틀 살 것 사흘 더 살 것 같은
원기소 존재

효소가 발효되는 암실

공짜 청과물 시장

땅보다는 차라리
하늘에 가까운 지대
각종 청과물
본연의 오감에
짧은 체면에 긴 창자는
허기에 못 이겨
수긍도 빠른 팔랑귀로
만찬을 즐긴다.
돈 때문에 억압을 받을
필요도 없고
마진이 별로 없다는
장사꾼 꼼수도 없는
무제한 제공을 해주는
공짜 청과물 시장

청태

차라리 유머라면
체력고갈에 웃을텐데
어떤 이가 무방비로
황토물침대에
이끼 미끄럼틀을 타는
일타쌍피 자멸
풍광
도통 참을 수 없는 고통에
아이라인 국물만 흥건하다.

괜스레
웃음을 참느라
구린내가 나는
깔창만 꺼내 보고 있다.

복화술

소나기 입질
희열에 빠져 있는
그녀의 뒤
컨디션 좋은 파죽지세
상습범으로
영입할 태세
만나면 앙숙 관계
잡는 자
훔쳐가는 자
순식간에 사라졌다
나타났다
도둑고양이의 복화술

전 소득 다 뺏기고
무일푼으로
악담만 내뱉는 그녀

자동 입수

냉탕에서는
세련되지 않은
수영 미숙으로
밑비닥으로 눌어붙고

온탕에서는
칭찬받은 돌고래마냥
유연성 좋은
식은 죽 먹기 수영으로
빛나는 순발력이다.

면들의
최고 지상낙원은
펄펄 끓는 온탕이다.

움직이는 화가

실개천 바위에
상의 탈의
복근의 퇴화로
부처상이 범상치 않다.
아찔한 뒤태에
여신의 글래머러스
문신이 환상의 배합으로
혈서를 새기고 있는
너무 당당하고
태평스러운 안락함
따가운 뒷말들의
부담의 극치로
표적이 된 그 사람

테러

인간과 새떼의 협력관계
팽팽한 긴장감이다.
농사일은 숙명으로
몸성할 날 없이
여전사 같은 마음인데
노련한 새떼들은
날 우롱을 하고
호시탐탐
위대한 업적으로
농작물의 초토화
늘 관행적으로 해오던
핏대 터지는 욕설로
어깃장을 놓고
용케 쫓아냈지만
점점 진화하는 수법은
당할 재간이 없다.

스캔들

대쪽 같은 그녀
매일 당일치기로
다른 이름을 바꾸어가며
사카린 같은
양심 고백으로
짝사랑 수위를 넘고 있다.

단언컨대
지금도 그녀는
고달픈 순례 행길
농작물들과
스캔들을 유입하고 있다.

힘겨루기

정장을 말끔하게 입은 사내
가로등을 지팡이처럼 잡고
혀 짧은 말투로 실루엣과
세상사를 주고받는다.

무엇이 그리도 한스러운지
우렁찬 득음의 목소리에
개울 건너 숙이네 집 바둑이도
추임새를 넣어준다.

안짱다리에
막춤의 동작이 위용적인
취중의 사내는
가로등과 힘겨루기에
날밤을 새우려나 보다.

짝꿍

좋은 시계 찼다고
좋은 음식만 먹는 것 아닐 터
직위고하 막론하고
다리를 떨며
뇌가 포맷을 한다.

어릴 적 자장면을 경박스럽게 먹는
친구 옆에서
단무지 하나
얻어먹는 날은
횡재하는 날

자장면과 단무지
완벽한 짝꿍에
음소거 웃음을 지어본다.

우수리

한글은 몰라도
군더더기 하나 없는
계산법은 일품이다.

오늘날
초능력 같은 계산법에는
이해타산이 안 맞는
많은 적자의
분노가 성을 쌓았을 것이다.

한쪽 눈으로
물건을 팔고
한쪽 눈으로
거스름돈을 치루며
단독 드리블을 하는 노파

선반

바람이 방향을 바꾸어도
숲이 얼굴을 바꾸어도
난파되지 않은
견고함의 설계는
어떤 수식어도
거추장스럽다.

아무 공구도 없이
서로 끼어들기도 없이
아름다운 문향으로
버섯들이 나무에
선반처럼 매달려 있다.

바다 교복

유속이 빠른
냉동 지압 고통에
악천 후를 뚫고
마음속의 아궁이
불씨 하나를 심는다.
평생 시계추처럼
바다의 성가신
대처법 숙지를 잘 알기에
비옷으로 무장을 하고
오늘 할당량을
하늘과 동업을 푼다.

밀물, 썰물

입구부터
바짓단 펄럭이는
인산인해다
예나 지금이나
표절 같은 스토리의
인스턴트식
예식이 끝나자
일말의 여지도 없이
용수철 같은 반응으로
엄청난 위용이다.

밀물과 썰물처럼 움직이는
예식장의 하객들…

촌부의
춤사위

김지숙 시집

초판 1쇄 : 2014년 11월 25일

지 은 이 : 김지숙

펴 낸 이 : 김락호

디자인 편집 : 한지나

기 획 : 시사랑음악사랑

인 쇄 : 청룡

연 락 처 : 1899-1341

홈페이지 주소 : www.poemmusic.net

E-Mail : poemarts@hanmail.net

정가 : 10,000원

ISBN : 978-89-91664-91-3